LES
PROPHÉTIES
DU
GRAND PROPHÉTE
MONET.

M DCC LIII.

1

(3)

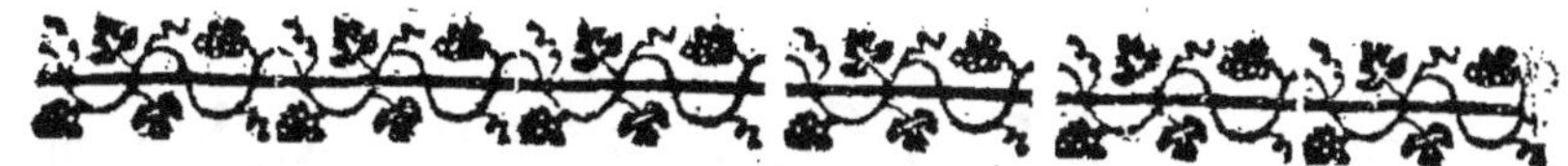

LES PROPHE'TIES DU GRAND

Prophete MONET, qui valent bien celles d'un autre, imitées de l'Al-coran, de l'Histoire d'Angle-terre & de Prusse, car ce ne font pas les *Allemans qui ont trouvé cela tout feuls.*

DIGNITE' DE MONSIEUR MONET.

ET j'étois dans mon appartement qui eft compofé de plufieurs piéces, parceque j'ai l'honneur d'être le Chef d'un Corps; & que cela vaut mieux que d'être Prophete & d'avoir froid; & je venois de donner des audiences dans une chambre où il y avoit un bon poële d'Al-lemagne, car j'en aime mieux les poëles que les goûts; & j'avois parlé de Ballets à mon ferviteur *Dourdet*, de Rôles à ma fervante *le Moine*, & d'autres chofes à ma fervante *Raton*, car je la conferve comme la prunelle de l'œil.

Et j'étois dans mon fauteüil à la Reine,

A

au coin d'un bon feu , malgré que le bois
fût cher , & quoique mon poële fût allu-
mé , & je rêvois avec moi, car j'aime à me
parler ; & j'ai remarqué que cela me réuf-
fiſſoit mieux que de parler aux autres, & je
voulus enſuite faire une lecture pour me
nourrir l'eſprit ; & je pris trois Opera Comiques que l'on m'avoit envoyés ; je com-
mençais à les parcourir pour les examiner,
& je m'endormis , car je ſuis Connoiſſeur.

CHAPITRE I.

Viſion de Monſieur Monet.

ET je fus à peine aſſoupi , que ma Chambre me parut illuminée par une clarté
plus belle que celle de mon chandelier de
ſaxe , & je vis un génie éblouiſſant vêtu de
blanc & or ; il avoit l'air impoſant , & je
fus ſaiſi de crainte ; & il m'apprit qu'il ſe
nommoit Monſieur de *Lulli* , & il me dit
ces mots.

Je ſçais ta tribulation & ta miſére , & je
veux t'élever au faîte de la gloire. Cepen-
dant je te veux du mal , parceque tu per-
mets que G. J. N. F. DE PAULA WALDS-

TORC DE *BOEHMISCHBRODA* qui tranche du *Prophete*, & qui n'en eſt pas un, enſeigne & ſéduiſe mes ſerviteurs.

CHAPITRE II.

Enlévement de Monſieur Monet.

ET Monſieur de *Lulli* après ce diſcours me prit par le toupet, & me fit mal à la tête, & il m'enleva & me plaça dans un lieu que je reconnus pour être le balcon du Roi, & j'entendis joüer l'ouverture d'*Armide*, & je fus bien content.

Ce monologue, *plus j'obſerve ces lieux & plus je les admire*, me parut un chant divin ; je fus étonné du morceau de la *Haine*, & je dis avec tranſport : ah que le merveilleux devient intéreſſant quand il eſt bien amené, & bien lié au ſujet : je trouvai la *paſſe à caille* pleine de mélodie, je partageai l'enchantement de *Regnault*, je fus attendri & émerveillé du cinquieme acte entier, & je m'écriai, ah ſi les vêpres d'Allemagne, comme je l'ai lu dans une *lettre ſur Omphale* reſſemblent à ce chant, on doit toujours être à l'Egliſe !

CHAPITRE III.

Les Songes funestes.

ET j'entendis ensuite les songes agréables d'*Atis*, mais les songes funestes leur succéderent rapidement, & je vis paroître les Signors *Manelli*, *Lazzari*, *Cosmi*, *Guerrieri*, & les Signora *Rossi*, *Lazzarri* & *Tonelli*, & Monsieur de *Lulli* prononça ces paroles: voilà les serviteurs du prétendu *Prophete* de Boehmischbroda. Hélas Monsieur de *Lulli*, lui répondis-je, que le prétendu *Prophete* de Boehmischbroda doit être mal servi.

CHAPITRE IV.

Le Réprouvé.

ET j'apperçus à leur suite un pauvre homme qui bâilloit toujours, & qui avoit l'air d'un patient, encore qu'il fît le beau parleur ; je demandai qui il étoit, & Monsieur de *Lulli* m'apprit que son nom étoit *Bibienna* ; c'eſt , pourſuivit-il , un homme réprouvé dès cette vie , il eſt condamné à traduire en françois toutes les piéces des Bouffons , afin que les ſpectateurs qui ne ſçavent pas l'Italien ſoient auſſi à plaindre que ceux qui l'entendent.

CHAPITRE V.

L'Ouverture.

ET l'Orcheſtre commença à jouer une ouverture qui n'en étoit pas une , parce qu'elle ne caractériſoit rien , & qu'elle n'entamoit pas la matière , & elle faiſoit bien , la toile ſe leva , & le ſerviteur *Manelli* commença à chanter long-tems & triſtement , & la Signora *Tonelli* étoit plus ruſée , car elle travailloit & elle ne diſoit rien. Mais bientôt elle fit mal , car elle chanta , & en chantant elle tourna le dos à l'acteur à qui elle adreſſoit la parole ; parce que c'eſt une grace du païs , & que cela marque une grande intelligence dans le jeu & dans le dialogue.

CHAPITRE VI.

L'homme qui n'en est pas un.

ET je vis paroître un personnage qui n'étoit ni le *serviteur* ni la *servante* de personne, & cela ne lui venoit pas de fierté, & il faisoit ce qu'il pouvoit de sa voix, & il excelloit à faire sur son fausset des points d'orgue éternels, & il ne finissoit point, car il n'y a personne qui n'ait son talent.

CHAPITRE VII.

Les Connoisseurs.

ET le divertissement dont on avoit grand besoin arriva, & l'on joua des airs qui ressembloient à des airs françois, & les *Virtuoso* du *Coin de la Reine* disoient que c'étoit les airs français qui ressembloient à ceux-là, & ils trouvoient les

uns admirables , & les autres extrême-
ment plats , parce que ces *Messieurs* sont
tous bien conséquens.

CHAPITRE VIII.

Moralité.

ET une joye universelle éclata dans
toute l'assemblée , parce que l'on vit
paroître une danseuse , poursuivie par un
danseur , & elle se défendoit mal , & le
danseur l'attaquoit bien , & les gradations
de sa défaite étoient marquées de mesure
en mesure , & enfin elle se laissa aller , &
parut se renverser , & le *Coin de la Reine*
applaudit avec fureur & s'écria , ah que
cela est beau ! ah que cela est moral ! c'est
la peinture des mœurs mise en action.

CHAPITRE IX.

Vérités.

ET la piéce alla toujours en m'en-
nuiant de plus en plus , & j'étois bien

affligé, & Monsieur de *Lulli* me parla ainsi :
» toute Religion a ses Prophetes, ses Mi-
» racles & ses Martyrs, il n'y a pas jus-
» qu'aux Bouffons qui ont les leurs ; leurs
» Prophetes sont ceux qui annoncent de
» bonnes piéces, & ce sont de faux Pro-
» phetes, leurs Miracles sont d'avoir des
» spectateurs, & leurs Martyrs sont les
» gens sensés qui les viennent voir une fois
» par curiosité.

CHAPITRE X.

L'Inspiration.

ET M. de *Lulli* me donna sur le front
un petit coup de son bâton à battre la
mesure, car il étoit *Bucheron*, & il con-
tinua ainsi : » le jour de la vengeance est
» proche, écoute-moi, retiens mes paroles,
» respecte-les ; je te fais Prophete, mais ne
» sois pas bavard, & sçache que les grands
» Prophetes sont ceux qui font des prophé-
» ties courtes, & les petits Prophetes sont
» ceux qui font des Prophéties longues, &
» voici ce que M. de *Lulli* m'ordonna d'an-
» noncer. »

CHAPITRE XI.

La Prédiction.

O ACADEMIE ROYALE DE MUSIQUE, car tu en es une, je pleure sur toi ! O Théâtre que j'avois formé & que j'avois rendu célébre, je te vois avec amertume sur le penchant de ta ruine ! O peuple ingrat, & non pas gentil ; je t'avois donné dans ma clémence mes serviteurs *Campra* & *Destouches*, pour adoucir ma perte ! *Tancrède*, *Issé*, *Calliroé*, n'étoient pas indignes de succéder aux Opéra d'*Atis*, de *Phaéton* & de *Persée* ; & je t'avois donné des Acteurs pour les jouer, & j'avois animé de mon ame même ma servante *le Maure*. Tu l'as admirée, & tu t'es lassé de Tragédie, & elle t'a abandonné, car tu n'étois plus digne d'elle, & le Ciel dans sa colére t'a puni, en paroissant te récompenser ; il a fait naître un homme de génie qui m'auroit remplacé, s'il eût voulu se laisser conduire, mais il a méprisé les paroles, & il a négligé son Récitatif, & il ne t'a donné que des Symphonies, & il t'a blasé avec des *Ariettes* & des *Concerto* ; tu n'as voulu que des Ballets avec des Fêtes mal amenées, & tu t'es dégoûté des Scenes, & les Acteurs se sont négligés, faute d'être exercés, & ton goût dépravé a empêché qu'il ne s'en formât de nouveaux. Ton ingratitude a excité mon indignation, & je t'ai livré à l'esprit de vertige & d'erreur, & je t'ai laissé conduire par des Etrangers, & j'ai fait venir des Bouffons. La Prophétie DU PETIT PROPHETE DE BOEHMISCHBRODA s'accomplira ; l'inconnu verra dans ses bras l'inconnu, & voici la mienne, & elle sera aussi accomplie ; les amis se refroidiront, se diviseront, se brouilleront & se battront peut-être, & ils feront pour les Bouffons ce qu'on ne fait plus pour les femmes.

CHAPITRE XII.

La Gouvernante.

ET tu as eu la sottise de les applaudir avec enthousiasme, & parce que leur Musique est bonne quelquefois, tu as pensé qu'elle étoit propre pour le Théâtre, & tu n'as pas sçu distinguer qu'elle n'étoit faite que pour des *Concerto* ; & tu ne t'es pas souvenu que mon serviteur *le Clerc* en avoit fait de cent fois plus belle : & j'ai endurci ton entendement, de peur que le goût ne te revienne, & que tu n'ayes du plaisir ; & je t'ai humilié au point que je t'ai fait aimer *la Gouvernante.* Tu seras orgueilleux au sein de la poussière ; tu boiras la honte comme du lait ; *la Gouvernante* tombera, & tu prendras sa chûte pour un triomphe, & je verrai les vils enfans DU PROPHETE DE BOEH- MISCHBRODA s'embrasser avec transport, & s'écrier : Ah, chers amis, que nous avons eû de plaisir ! ah, mes chers amis, que de succès & quelle gloire !

CHAPITRE XIII.

Le Coin du Roi.

ET ce Spectacle occasionnera plus de querelles que la belle *Hélene* : le levain fermentera dans les cœurs, & il paroîtra une REPONSE DU COIN DU ROI, qui n'en sera pas une, & l'Auteur de cette Réponse sera une dupe de critiquer ceux qui mangent leur bien, car il faut s'y faire présenter, les loüer de leur dépenſe, ſe mettre au nombre des conjurés, car les gens qui ſe ruinent, ſont des victimes de la vanité, que la ſociété conduit à l'autel, en les entourant de guir-landes.

CHAPITRE XIV.

L'Arrêt.

ET cet Ecrit fera ſortir des ténébres, pour y rentrer bientôt, *un Arrêt de l'Amphithéâtre*, & cet Arrêt ne condamnera au ſupplice que ceux qui le liront; l'Auteur ſe croira plaiſant, mais il n'aura que de l'humeur, & parodiera platement DIATRIBE, & il ſe déchaînera contre mon ſerviteur *Mondonville*, & il l'accuſera de ſe *cacher viſiblement*, & il croira cette expreſſion jolie, & il aura raiſon, mais elle ne ſera pas de lui, elle ſera pillée du *Fat puni*, & en copiant la fatuité, il n'aura plus droit d'y prétendre.

CHAPITRE XV.

Cela est vrai.

ET ils t'accableront de mauvaises Brochures, & ils concevront de l'antipathie pour les gens qui ne penseront pas comme eux, & ils voudront avoir le privilége exclusif des personalités, & chercheront à mortifier & à dégoûter ma servante *Chevalier* dans le temps qu'ils devroient dire : *Ah, voilà l'Actrice ! ah, voilà l'Actrice !* mais elle méprisera leurs duretés, & mon serviteur *Jéliotte*, qui n'est pas le leur, dédaignera leurs louanges.

CHAPITRE XVI.

Le Correcteur.

ET LE PETIT PROPHETE DE BOEHMISCHBRODA rendra leurs Ecrits lourds, & ils plaisanteront comme Madame *Dacier*, & ils seront forcés d'aller prier *le Correcteur des Bouffons* de leur

donner des badineries légères, car il sera
aussi en état de les enrichir, que l'Auteur
de *Tempé* de céder des airs de Violon.

CHAPITRE XVII.

Les Eternuemens.

ET je les verrai la risée des Nations,
& je m'en mocquerai ; & leur Prophete osera te menacer d'*Arlequin & de
Scapin voleurs par amour* ; & je les rédui-
rai plus bas, car ils trouveront sublime une
Scène pillée de cette farce même, & ils
applaudiront les éternuemens d'un Valet,
parce qu'ils s'imagineront qu'il éternue en
Italien.

CHAPITRE XVIII.

Cela est bien fait.

ET j'ordonnerai à mon bien-aimé *Bois-
sy* de les tourner en ridicule, & de
les caractériser par la FRIVOLITÉ ; & ma
servante *Favard* & même Monsieur *Rochard*

feront les singes de leurs Dieux , & ces
Dieux auront la deſtinée de ceux d'Egypte ,
car on les métamorphoſera en Chats , & l'on
en compoſera un *OPERA MIAULIQUE.*

CHAPITRE XIX.

Où la Vertu brille.

ET alors Monſieur de *Lulli* m'arrêta ,
& prononça ces paroles pompeuſes : Je
ſuis content de vous , Monſieur MONET , &
je vous fais mon Elû , & je tranſporte à votre
Théâtre tous les droits du mien , & vos
Acteurs deviendront mon peuple , & il n'y
aura de conformité entre les deux Spectacles
que par la ſageſſe des Actrices.

CHAPITRE XX.

Voilà comme il faut faire.

ET j'inſpirerai des ſujets nobles à vos
Auteurs , & ils ſçauront faire le choix
des Airs , & le ſentiment & la délicateſſe
régneront dans leurs Piéces , & vous ferez

joüer à votre Orcheſtre de la Muſique Italienne, car j'en fais cas, quand elle n'eſt qu'inſtrumentale, & j'aime la Muſique Françoiſe pour la vocale, car je me garde bien de proſcrire aucun genre excepté le mauvais; le goût donne des préférences, l'entêtement donne des excluſions.

CHAPITRE XXI.

J'en ſuis bien aiſe.

ET Monſieur de *Lulli* diſparut, & ma ſervante *Raton* m'éveilla, & je me rappellai ma viſion, & j'en fus content, parce qu'elle me flattoit, & je repris mes trois Opéra Comiques, & je les crus bons, car Monſieur de *Lulli* me l'avoit promis, & j'en fus ſatisfait, parce que je vis que la Foire ſeroit longue.

F I N.